かたつむりのおくりもの

文はやしさちよ
絵なかむたけんじ

石風社

六月《ろくがつ》のはじめ、新《あたら》しい友《とも》だちができた。

友《とも》だちは、学校《がっこう》の帰《かえ》り道《みち》のちかくの、公園《こうえん》で見《み》つけたかたつむり。

かたつむりは、公園《こうえん》のはしっこの、あじさいの葉《は》っぱの上《うえ》に、ぺたっとはりついていた。

朝《あさ》までふっていた雨《あめ》で、葉《は》っぱの色《いろ》が、いつもより濃《こ》く、光《ひか》ってみえた。

その上《うえ》で、からの茶色《ちゃいろ》いうずまきもようが、丸《まる》くうかびあがって、きれいだった。

けれど、からはふたをしているみたいに、つのもなにもでていなかった。

最初《さいしょ》、ぬれたからをつかもうとすると、ぬるっとして、なかなかうまくつかめなかった。

次《つぎ》は、そっとにぎるようにして、つかんでみた。

かたつむりは、きゅうばんみたいにくっついていて、思《おも》わず力《ちから》がはいった。

かたつむりが葉《は》っぱからはなれるとき、ぷちっと音《おと》がした。

——どうなってるんだろう。

ぼくは、ふしぎに思《おも》って、手《て》に持《も》っていたかさをほうりなげ、からをひっくり返《かえ》してのぞいてみた。

手《て》のひらにおくと、生《い》きているのか死《し》んでいるのかも、わからなかった。

ぼくは、そのまま、かたつむりを手《て》のひらにそっとのせたまま、もち帰《かえ》った。

かたつむりを見《み》つけた公園《こうえん》は、木《き》にかこまれていて、暗《くら》くてせまいけど、ぼくのお気《き》にいりの場所《ばしょ》。

なんといっても、木登《きのぼ》りできるところがすきなんだ。

ちょうど、幹《みき》の低《ひく》いところから、太《ふと》い枝《えだ》が、地面《じめん》をはうようにしてわかれていて、それに、少《すこ》しジャンプすれば、ぼくにでも、かんたんに木登《きのぼ》りができる。

その横《よこ》には、ジャングルジムがあって、木《き》との間《あいだ》を、行《い》ったりきたりできる。

春《はる》は、桜《さくら》の花《はな》でいっぱいになるけど、これからは、両耳《りょうみみ》をおさえたくなるほど、セミの鳴《な》き声《ごえ》がひびきわたる。

「毛虫《けむし》にさされたら、ブツブツが体中《からだじゅう》にできて大変《たいへん》なのよ。気《き》をつけなさいね」

お母《かあ》さんはしんぱいするけど、ぼくは、ごつごつした木《き》の感《かん》じや、虫《むし》たちが好《す》き。

それに、木《き》に登《のぼ》っていると、空《そら》にちかづいたような、さわやかな気《き》ぶんになれるんだ。

四年生《よねんせい》になって、最初《さいしょ》の国語《こくご》の時間《じかん》、「かがやき」という詩《し》をイメージしながら、みんなで絵《え》を描《えが》いた。そのとき、まっ先《さき》に思《おも》いうかんだのが、この公園《こうえん》だった。

詩《し》はにが手《て》だけど、ぼくのお気《き》にいりの、この公園《こうえん》の風景《ふうけい》が思《おも》いうかんで、黄色《きいろ》い画用紙《がようし》に一所《いっしょ》けんめい、あじさいの絵《え》を描《えが》いたんだ。


「あきら、手《て》を洗《あら》いなさいよ」

しごとから帰《かえ》ってきたお母《かあ》さんが、ぼくのすがたを見《み》るなり言《い》った。

「うんっ、あとでね！」

ぼくは、お母《かあ》さんに見《み》つからないように、かたつむりをそっと手《て》にのせたまま、裏《うら》のおじいちゃんの畑《はたけ》にかけこんだ。

おじいちゃんは、キャベツの葉《は》っぱについた虫《むし》をとっているところだった。

「ただいまぁ、おじいちゃん」

「おぅ、おかえり、あきら」

「ねぇ、見《み》て、見《み》て」

「かたつむりか」

「動《うご》かないんだ。死《し》んでるのかな」

「どこで見《み》つけたんだ？」

おじいちゃんは、ぼくの手《て》のひらにのったかたつむりをつまむと、からの中《なか》をのぞきこんだ。

「さっき、公園《こうえん》で見《み》つけたんだ」

「大《だい》じょうぶさ。かんそうしないように、たっぷり水《みず》をかけてやればいい。エサはキャベツがいいじゃろう」

おじいちゃんは、畑《はたけ》のキャベツの葉《は》っぱをちぎってくれた。

それから、ぼくはいそいで家《いえ》にもどり、空《から》っぽのプラスチックの虫《むし》かごをとってきた。そしてその中《なか》に、キャベツの葉《は》っぱを入《い》れた。それから、その葉《は》っぱの上《うえ》に、そっと、かたつむりをおいた。

「お母《かあ》さん、見《み》て見《み》て。かわいいよ！」

ぼくは、大声《おおごえ》でお母《かあ》さんをよんだ。

お母《かあ》さんは、いそがしそうにエプロンをつけながら、台所《だいどころ》のよこの勝手口《かってぐち》から出《で》てきた。

「こんどは、なにをつかまえたの？」

今《いま》まで、きんちょうしているみたいに、じっとしていたかたつむりから、ちっちゃいつのがでてきた。

「かたつむり？」

「ちっちゃなつのがかわいいでしょ。ね」

ぼくは、お母《かあ》さんを見《み》た。

「んー。セミよりましかな……。鳴《な》かないし、動《うご》くのおそいし。でも、ちょっと気《き》もちわるいっ……」

お母《かあ》さんは、すこし顔《かお》をしかめた。

お母《かあ》さんは、看護師《かんごし》。

きれい好《ず》きというか、家《いえ》ではそうじばかりしている。そして、虫《むし》は大《だい》のにが手《て》。

去年《きょねん》の夏《なつ》、友《とも》だちとセミとりの競争《きょうそう》をして、十匹《じゅっぴき》のセミをいれた虫《むし》かごをもち帰《かえ》ったときは、「きたない」、「うるさい」と、大《おお》さわぎだったんだ。

そんな時《とき》、きまっておじいちゃんは、ぼくの味方《みかた》だという目《め》で、にこにこ笑《わら》って、ぼくのことを見《み》てくれる。

「なに？　なに？」

いつのまにか、一年生《いちねんせい》になったばかりの、弟《おとうと》のけんじが、お母《かあ》さんのエプロンのうしろからのぞきこんでいた。

「なぁんだ、クワガタじゃないのか。つまんないの」

「こいつだって、ちゃんとからをつけてて、けっこうかっこいいぞ」

ぼくは、虫《むし》かごのケースのふたをはずして、また水《みず》をかけた。

「ナメクジみたい。もっと、かっこいいのがいいな」

けんじが、つまらなさそうに言《い》った。

「なんだよ、かっこいいよなっ」

ぼくは、かたつむりにむかって言《い》った。かたつむりをとりだすと、虫《むし》かごのふちに、そっとおいてみた。すると、かたつむりは、からをななめにしながらも、細《ほそ》いふちをするすると、エスカレーターのように進《すす》んでいった。

「すごい、すごい！」

ぼくが、大《おお》きな声《こえ》を出《だ》しても、けんじは、お母《かあ》さんといっしょに台所《だいどころ》のほうへもどっていったきり、ふりむきもしなかった。

ぼくは、どきどきしてきた。

ぼくは、ゆっくりはっている、かたつむりのからを、そっとなでてみた。


ズッキーン。ズッキーン。

夜《よる》になって、左《ひだり》の耳《みみ》の中《なか》から、頭《あたま》ぜんたいにひびくような痛《いた》みが、ひろがった。

幼稚園《ようちえん》のときにも、こんなことがあった気《き》がする。

そのときよりは、ちょっとがまんしたつもりだったけど、やっぱり大泣《おおな》きしてしまった。


どうやら、中耳炎《ちゅうじえん》らしい。

痛《いた》がるぼくに、お母《かあ》さんは痛《いた》みどめのくすりを飲《の》ませてくれた。そして、「早《はや》く見《み》てもらわなくちゃ」と心配《しんぱい》そうに言《い》った。

次《つぎ》の日《ひ》、ぼくは学校《がっこう》を休《やす》んで、病院《びょういん》に行《い》くことになった。

「あきら。きょうはひとりで行《い》ってくれる？　お母《かあ》さん、手術《しゅじゅつ》があったりして、どうしてもしごとを休《やす》めなくなったの。おじいちゃんだって、もう年《とし》だから、むりだと思《おも》うしねぇ。病院《びょういん》には電話《でんわ》しておくから……」

お母《かあ》さんは、ぼくの頭《あたま》をなでながら「もう四年生《よねんせい》なんだから、だいじょうぶよね」と言《い》った。

お父《とう》さんも、ネクタイをしめながら「あきら、ひとりで行《い》けるよな」と言《い》った。

ぼくにとっては、大問題《だいもんだい》だった。

きのうより痛《いた》みは弱《よわ》まっていたけれど、耳《みみ》の治《ち》りょうなんて大《だい》きらいだし、ひとりぼっちでの病院《びょういん》がよいなんて。

幼稚園《ようちえん》のころは、おじいちゃんがつれていってくれたけど、最近《さいきん》は、お母《かあ》さんもお父《とう》さんも、「お兄《にい》ちゃんなんだから」って、なんでも、ぼくにさせようとするんだ。

――たしか、病院《びょういん》はバス停三《ていみっ》つ目《め》だったかな……。

外《そと》はどんよりとしたくもり空《ぞら》。病院《びょういん》までの道《みち》のりのことを考《かんが》えていると、それだけで心《こころ》ぼそくなる。ぼくは、かたつむりの入《はい》った虫《むし》かごをかかえて、病院《びょういん》に行《い》くことにした。

バスの窓《まど》から、見覚《みおぼ》えのある赤《あか》い屋根《やね》のケーキ屋《や》さんが見《み》えた。その角《かど》を曲《ま》がると病院《びょういん》だ。

古《ふる》びた建物《たてもの》、暗《くら》くてせまい待合室《まちあいしつ》は、すきまのないほど、かんじゃでいっぱいだった。

ぼくは、待合室《まちあいしつ》のすみっこのイスにすわって、かたつむりの入《はい》った虫《むし》かごを、ひざの上《うえ》にのせて、順番《じゅんばん》を待《ま》った。

「あきらくーん」

看護師《かんごし》さんが呼《よ》んだ。

ぼくは、虫《むし》かごをかかえたまま診察室《しんさつしつ》に入《はい》ると、入口《いりぐち》にあるイスの上《うえ》に、虫《むし》かごをおいた。

ぼくは、茶色《ちゃいろ》い大《おお》きなイスに、ゆっくりすわった。きんちょうして、体《からだ》がかたくなった。

お医者《いしゃ》さんは、大《おお》きな白《しろ》いマスクと、頭《あたま》につけたライトで、顔《かお》がほとんどかくれていて、メガネの奥《おく》の眼《め》だけが、ぎょろぎょろと光《ひか》って、おこっているような感《かん》じがした。

ぼくが、左耳《ひだりみみ》をむけると、お医者《いしゃ》さんは、綿《わた》のついた銀色《ぎんいろ》の棒《ぼう》を、そっと、耳《みみ》の中《なか》に入《い》れた。

「あの虫《むし》かごには、なにが入《はい》っているんだい」

お医者《いしゃ》さんは、マスクの奥《おく》で、もごもごと言《い》った。

「かたつむり……です」

ぼくは、小《ちい》さな声《こえ》で答《こた》えた。

「ほう……。かたつむりか……」

次《つぎ》にお医者《いしゃ》さんは、ガーゼを耳《みみ》の中《なか》におしこんだ。耳《みみ》の中《なか》で、ごそごそっと音《おと》がした。

「かたつむりが好《す》きなのかい？」

「はいっ」

ぼくが、きんちょうした声《こえ》を出《だ》すと、お医者《いしゃ》さんは、

「かたつむりだなんて、なつかしいなあ。でも、このごろ、かたつむりも見《み》なくなった気《き》がするなぁ」

と言《い》った。

――そうなんだ……。

ぼくはこころの中《なか》で、つぶやいた。

「先生《せんせい》も小《ちい》さいころ、かたつむりとはよく遊《あそ》んだよ」

「えっ　先生《せんせい》も……？」

ぼくは、うれしくなって、お医者《いしゃ》さんのほうを見《み》た。メガネの奥《おく》の眼《め》が、やさしく

笑《わら》っていた。

次《つぎ》の日《ひ》は、一週間《いっしゅうかん》ぶりの青空《あおぞら》。雲《くも》のあいだから、ひさしぶりにお日《ひ》さまがのぞいた。

今日《きょう》は、プールびらき。

でもぼくは、プールサイドでの見学《けんがく》。たいくつで、おまけにむし暑《あつ》い。

ぎらぎらした太陽《たいよう》の光《ひかり》が、上《うえ》からも下《した》からも、てりつけてくる。

水泳《すいえい》は、ぼくができる、たったひとつのスポーツなのに。

みんなのたのしそうなかん声《せい》と、水《みず》しぶきを見《み》ていると、よけいにつまらなくなった。

見学《けんがく》は、ぼくと、かな子《こ》ちゃんのふたり。

「つまんないね」

「うん、つまんない」

プールサイドのテントの中《なか》で、かな子《こ》ちゃんは、うつむいたまま答《こた》えた。

「びょうき?」

「かぜひいたみたい。あきらくんは?」

かな子《こ》ちゃんは、ぼくの顔《かお》を見《み》た。

「中耳炎《ちゅうじえん》」

「チュウジ……エン？」

「耳《みみ》のおくがじんじんして、すっごく痛《いた》いんだ」

ぼくは、力《ちから》をこめて言《い》った。でも、めちゃくちゃに泣《な》いたことは、言《い》わなかった。

「わぁー。痛《いた》そう」

かな子《こ》ちゃんは顔《かお》をしかめた。

かな子《こ》ちゃんは、ぼくみたいに泣《な》いたり、わめいたりしない。同《おな》じ四年生《よねんせい》なのに「お姉《ねえ》さん」っていう感《かん》じ。

今朝《けさ》、学校《がっこう》へくるとちゅう、ころんで、かたつむりをいれた虫《むし》かごが、道《みち》ばたにころがってしまった。かたつむりがつぶれてしまったと思《おも》い、座《すわ》りこんで泣《な》いているぼくに、すぐ前《まえ》を歩《ある》いていたかな子《こ》ちゃんが、

「なに、泣《な》いているの。ただのかすりきずじゃない……」

と言《い》って、虫《むし》かごといっしょに教室《きょうしつ》までつれていってくれたんだ。

「ねぇ、ねぇ、あれってなんに見《み》える？」

かな子《こ》ちゃんが、空《そら》を指《ゆび》さした。指《ゆび》の先《さき》には、青《あお》い空《そら》とにょきにょきっとした雲《くも》。

「あれ……って？」

「あの雲《くも》」

「ただの雲《くも》じゃないの？」

「どんなものに、にてるかってことよ」

かな子《こ》ちゃんは、あきれたように言《い》った。

「うーん、かき氷《ごおり》」

「はぁっ」

かな子《こ》ちゃんは、小《ちい》さくため息《いき》をついた。

「『考《かんが》える人《ひと》』に見《み》えない？」

「なにそれ？」

「先生《せんせい》が言《い》ってたでしょ。校庭《こうてい》にある銅像《どうぞう》のこと」

「あぁー。あのすわってる人《ひと》……」

ぼくは、校庭《こうてい》のすみっこにある、古《ふる》ぼけた銅像《どうぞう》を思《おも》いうかべた。

「考《かんが》えるポーズって、かっこいいもん」

「こう？」

ぼくは、『考《かんが》える人《ひと》』のポーズをまねしたつもりで、右手《みぎて》をあごの下《した》に、おいてみた。

「ぜーんぜん」

かな子《こ》ちゃんは、大《おお》きく首《くび》を横《よこ》にふった。

「空《そら》を見《み》てたら、頭《あたま》の中《なか》に、いろんなことがうかんでくるんだもん」

かな子《こ》ちゃんは、楽《たの》しそうに言《い》った。

「たとえばね、なんであきらくんは、泣《な》き虫《むし》なのかなあって」

「えっ……。そんなことないよ」

「だって、あきらくん、ころんだだけで泣《な》くんだもん」

かな子《こ》ちゃんは、いたずらっぽく笑《わら》った。

「そうだったっけ……」

ぼくは、わざと、とぼけた顔《かお》をした。

そして、もういちど、空《そら》を見《み》あげた。

にょきにょきっとした雲《くも》は、青《あお》い空《そら》をバックに、ふわふわ、ゆっくり、左《ひだり》のほうへ流《なが》れていった。


もう、梅雨《つゆ》も中《なか》ごろ。

昼休《ひるやす》み、二階《にかい》の教室《きょうしつ》からは、運動場《うんどうじょう》で遊《あそ》んでいる友《とも》だちのすがたが、小《ちい》さく見《み》える。

クラスの男子《だんし》たちは、今《いま》ごろ、運動場《うんどうじょう》でドッチボールをしているはずだ。でもぼくは、教室《きょうしつ》で本《ほん》を読《よ》んでいることが多《おお》い。のろまなぼくが投《な》げるボールは、弱《よわ》すぎて、人《ひと》にあたりっこないし、にげるのだって、すごくおそい。

「なに、読《よ》んでいるの？」

「えっ」

図書室《としょしつ》でかりてきた本《ほん》から顔《かお》を上《あ》げると、かな子《こ》ちゃんが立《た》っていた。

ぼくは今《いま》まで、歴史《れきし》の本《ほん》を読《よ》むのが好《す》きだったけれど、このごろは、かたつむりの図鑑《ずかん》にむちゅう。

「これ、すっごく、おもしろいんだ」

ぼくは、じまんげに言《い》った。

かな子《こ》ちゃんとは、今《いま》、席《せき》がとなりどうし。

かな子《こ》ちゃんは、ぼくの横《よこ》に座《すわ》ると、机《つくえ》の上《うえ》に、三冊《さんさつ》の本《ほん》をおいた。

――わぁー。むずかしそうな本《ほん》だな。『レ・ミゼラブル』……。見《み》たこともない。

ぼくなんて、写真《しゃしん》や絵入《えい》りの図鑑《ずかん》なのに。

ぼくは、ちょっぴりはずかしかったけど、思《おも》いきって聞《き》いてみた。

「それって、どんな本《ほん》？」

「これ？」

かな子《こ》ちゃんは、本《ほん》の表紙《ひょうし》を見《み》ながら言《い》った。

「まだ、とちゅうなんだけど、すっごくおもしろくなってきたの。ちっちゃな罪《つみ》が、どんどん大《おお》きくなって、大変《たいへん》なことになっていくの……。あきらくんも、読《よ》んでみる？」

「いや……。いいよ……」

ぼくは、顔《かお》の前《まえ》で、手《て》を横《よこ》にふった。

「なに、これ？」

今度《こんど》は、かな子《こ》ちゃんが、図鑑《ずかん》をのぞきこんだ。

「マイマイカブリだよ」

「わぁー。はじめてみる。ごきぶりみたい」

「ふつうの虫《むし》なんだけど……」

ぼくは、思《おも》わず笑《わら》いそうになった。

「かたつむりって、いろいろな生《い》きものからねらわれて、食《た》べられてしまうからね。特《とく》にこいつ、かたつむりの、一番《いちばん》の敵《てき》なんだ。かたつむりの、からにもぐって、ほそ長《なが》い首《くび》を、からの奥《おく》につっこんで、かたつむりの肉《にく》を食《た》べてしまうんだ」

「かわいそうー。かたつむりって」

かな子《こ》ちゃんは、顔《かお》をしかめた。

「かたつむりって、自分《じぶん》の身《み》を守《まも》ることだけに、神経《しんけい》を集中《しゅうちゅう》させているんだ。つまり、ぼうえいのみってこと」

「ボウエイ?」

「ほら、ほかの虫《むし》みたいに、さしたり、かんだりしないってこと。敵《てき》の少《すく》ない夜《よる》に動《うご》くとか、おち葉《ば》や石《いし》の下《した》にかくれたりして、身《み》を守《まも》るんだよ」

「相手《あいて》をこうげきしないんだね」

かな子《こ》ちゃんは、つづけて、しんじられない、と言《い》った。

「それが、かたつむりの、いいところなんだよ」

ぼくは、胸《むね》をはった。

「それって、あきらくんみたい。かたつむりがんばれ、だね」

ぼくは、最高《さいこう》にうれしくなった。

「これが、かたつむりのたまごだよ」

ぼくが大好《だいす》きな写真《しゃしん》。丸《まる》くてちっちゃいたまごは、ぴかぴかに光《ひか》っていて、きれいだった。

「かわいい……。初《はじ》めて見《み》たぁ」

かな子《こ》ちゃんは、おどろいた目《め》をした。

「本物《ほんもの》のたまごは、ぼくも、まだ見《み》たことないけど、三《さん》ミリぐらいで、マッチ棒《ぼう》の先《さき》ぐらいしかないいんだって」

「とってもちっちゃいんだね。なんだか、さわるとすぐつぶれちゃいそう……。大《だい》じょうぶかな」

かな子《こ》ちゃんは、本物《ほんもの》のたまごをさわるように、写真《しゃしん》を指《ゆび》でなぞった。

次《つぎ》の写真《しゃしん》は、たまごのからがわれて、中《なか》から、すきとおったかたつむりの赤《あか》ちゃんがうまれたばめんだった。

「わぁ。赤《あか》ちゃんだ。ちゃんと、からまでせおってる」

かな子《こ》ちゃんは、びっくりした顔《かお》でぼくを見《み》た。

「勇気《ゆうき》のある一匹《いっぴき》が、たまごのからをやぶって、でてくると、これを合《あ》い図《ず》に、次《つぎ》から次《つぎ》へと、赤《あか》ちゃんがうまれてくるんだって」

「すごい」

かな子《こ》ちゃんは、目《め》をぱちくりさせた。

「赤《あか》ちゃんのからは、一《ひと》まき半《はん》ぐらいの大《おお》きさなんだって。でもその中《なか》には、頭《あたま》とからだが、すっぽり入《はい》るんだ」

「こんなちっちゃな生《い》き物《もの》がいるなんて、ふしぎ」

「うん」

「わぁ。見《み》てみたい」

ぼくがうなずくと、かな子《こ》ちゃんは、ページのはしっこのせつめいを読《よ》みながら言《い》った。

「かたつむりは、いろんな物《もの》、食《た》べるんだね。ここに、紙《かみ》も食《た》べるって書《か》いてある」

「そうなんだよ。すごいだろ！」

ぼくは、かたつむりのおかげで、かな子《こ》ちゃんのお兄《にい》ちゃんになったような気《き》がした。

「ねぇ、あきらくんのかたつむりには、たまごうまれないの？」

かな子《こ》ちゃんが、きゅうにわくわくしたようすで言《い》った。

「ぼくの、かたつむり？」

「そう、一匹《いっぴき》いるじゃない」

「かな子《こ》ちゃん、一匹《いっぴき》じゃうまれないよ」

「だめなの？」

かな子《こ》ちゃんは、がっかりした顔《かお》になった。

「かな子《こ》ちゃん、オスとメスがいないと、赤《あか》ちゃんはうまれないんだよ」

「そうなんだ……」

「でも、かたつむりには、オスとメスのくべつがないんだ。一匹《いっぴき》で、オスにもメスにもなれるんだよ」

「それ、どういうこと？」

「とにかく二匹《にひき》そろえば、たまごがうまれるってこと」

「オスとかメスとかじゃなくて？」

「だから、もう一匹《いっぴき》ふえればいいんだよ」

「それで、たまごがうまれるの？」

「うん」

「ほんと？」

かな子《こ》ちゃんは、とたんにうれしそうな顔《かお》をした。

下校《げこう》の時間《じかん》になっても、まだ明《あか》るい陽《ひ》ざしがさして、まぶしかった。

家《うち》に帰《かえ》ると、ぼくは、かたつむりをいれた虫《むし》かごのケースをかかえて、裏《うら》の、おじいちゃんの畑《はたけ》にかけこんだ。

「おじいちゃーん！」

ぼくは、おじいちゃんに聞《き》こえるように、大声《おおごえ》でよんだ。おじいちゃんは耳《みみ》が遠《とお》い。テレビを見るときなんかは、いつも最高《さいこう》のボリューム。

背《せ》の高《たか》さぐらいに育《そだ》った、キュウリのつるの間《あいだ》から、おじいちゃんの麦《むぎ》わら帽子《ぼうし》と、白《しろ》い作業着《さぎょうぎ》が見《み》えた。

おじいちゃんは、キュウリのしゅうかくをしていた。かごの中《なか》から、太《ふと》いのや、長《なが》いキュウリが、こぼれそうなくらい、あふれていた。

お母《かあ》さんは、

「おじいちゃんの野菜《やさい》って、とっても新鮮《しんせん》でおいしい。それに、薬《くすり》もかけていないから、すごく体《からだ》にいいのよ。たすかるわ」

と、いつも言《い》っている。

「おじいちゃん、おじいちゃんの畑《はたけ》には、かたつむりはいないの？」

ぼくは、おじいちゃんのそばにすわった。

「かたつむりか？　この前《まえ》の一匹《いっぴき》はどうした？」

「ぼく、かたつむりのたまごが、ぜったい見《み》てみたいんだ。白《しろ》くて、とってもかわいいし、友《とも》だちともやくそくしたし……。だから、もう一匹《いっぴき》、どうしても見《み》つけたいんだ」

学校《がっこう》の帰《かえ》り道《みち》、葉《は》っぱの上《うえ》や公園《こうえん》の中《なか》を、一所《いっしょ》けんめいさがしたけど、かたつむりは、どこにも見《み》つからなかった。最近《さいきん》、かたつむりを見《み》なくなったって、お医者《いしゃ》さんも言《い》ってたし。

おじいちゃんは、手《て》にもっていたキュウリを、かごの中《なか》にいれると、虫《むし》かごの中《なか》を、ちらっとのぞいた。

かたつむりは、ケースのかべに、ぺたっとはりついていた。

おじいちゃんは、だまってとなりのキャベツ畑《ばたけ》をのぞいた。おじいちゃんの育《そだ》てたキャベツは、ぎっしりと葉《は》がつまっていて、一枚《いちまい》めくろうとすると、きしっきしっと、音《おと》がした。ところどころ、虫《むし》に食《く》われて、葉《は》っぱには、穴《あな》があいていた。

「かたつむりだって、二匹《にひき》のほうが楽《たの》しいにきまっているよねっ」

ぼくは、おじいちゃんの顔《かお》を見《み》た。

「そりゃそうさぁ」

おじいちゃんは答《こた》えた。

「おじいちゃんは、さびしくないの？」

「じいちゃんが？」

「うん」

「どうして？」

「だって、おばあちゃん死《し》んじゃって、おじいちゃん、ひとりになっちゃったから……」

「そりゃあ、さびしい時《とき》もあるさ。だけど、おじいちゃんはひとりぼっちじゃない」

「ぼくがいるから？」

おじいちゃんは、うれしそうに、ごつごつした大《おお》きな手《て》で、ぼくの頭《あたま》をなでた。

「おばあちゃんは、ここにいるんじゃよ」

おじいちゃんは、右手《みぎて》で胸《むね》をおさえた。

「……」

「おばあちゃんの思《おも》い出《で》は、いっぱい心《こころ》につまっとる」

「どんな思《おも》い出《で》?」

「そうじゃなぁー」

「けんかしたことも?」

「もちろんさぁー」

おじいちゃんは続《つづ》けた。

「かなしいことだって、つらいことだって、時間《じかん》がたつにつれて、いい思《おも》い出《で》にかわっていくものなんじゃよ」

「ほんと?」

おじいちゃんは、ゆっくり立《た》ち上《あ》がった。ひたいには、汗《あせ》がいっぱいだった。

おじいちゃんは、腰《こし》をまげながら、ひとつひとつ、ていねいにキャベツの葉《は》っぱをめくった。ぼくもその横《よこ》で、おじいちゃんのまねをしながら、キャベツの葉《は》をめくった。

「ここかな……」

おじいちゃんが、大《おお》きなキャベツの葉《は》っぱを、ぐっとはがしたときだった。

「あきら、いたぞ！」

おじいちゃんの大声《おおごえ》が、ひびきわたった。

「どこ、どこ⁉」

ぼくがのぞくと、かたつむりは、葉《は》っぱの根《ね》もとに、かくれるようにして、くっついていた。

「さすが、おじいちゃん！」

やっぱりおじいちゃんは、ぼくの博士《はかせ》だ。

畑《はたけ》の草花《くさばな》や野菜《やさい》、それに虫《むし》の名前《なまえ》。おじいちゃんはなんでも知《し》っている。

それからおじいちゃんは、かたつむりといっしょに、ちぎったキャベツの葉《は》っぱを、一枚《いちまい》、ぼくの手《て》のひらにのせた。

かたつむりは、虫《むし》かごの中《なか》のかたつむりより、ひとまわり小《ち》さめだけど、茶色《ちゃいろ》いうずまきもようは、いっしょだった。

ぼくは、虫《むし》かごの中《なか》に、そっとかたつむりをいれた。キャベツの葉《は》っぱの上《うえ》で、二《に》匹《ひき》のかたつむりが、なかよくならんだ。

「はやく、うまれるといいなぁ」

ぼくは、はずんだ声《こえ》で言《い》った。

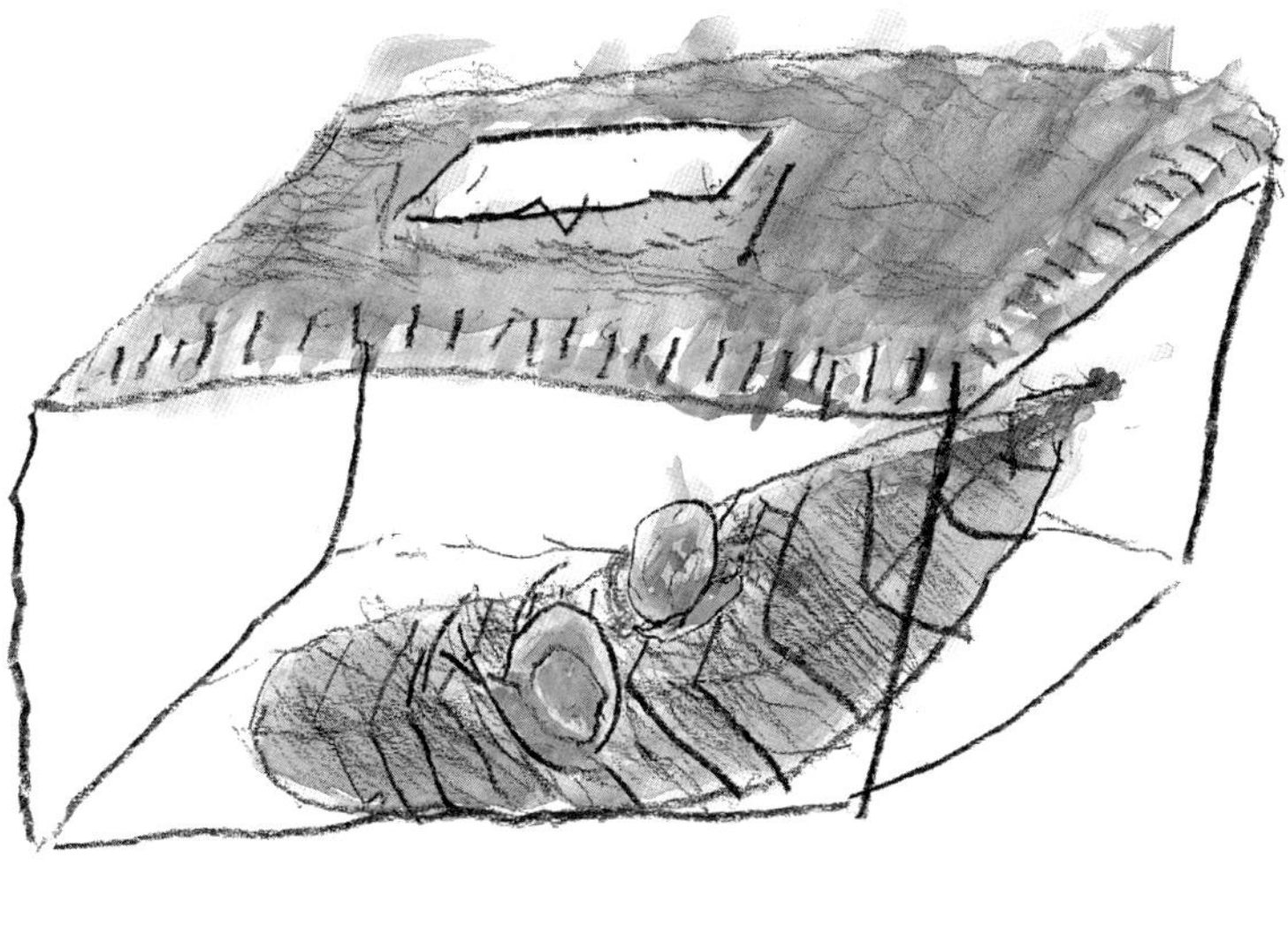

外《そと》は、どんよりした、くもり空《ぞら》だった。

教室《きょうしつ》の窓《まど》から入《はい》ってきていた風《かぜ》が、ぴたりととまった。

五時間目《ごじかんめ》は、国語《こくご》の時間《じかん》で、五十問《ごじゅうもん》の漢字《かんじ》テスト。

三十問目《さんじゅうもんめ》まではじゅんちょうだったけど、三十一問目《さんじゅういちもんめ》の、カンケイのカンという漢《かん》字《じ》が、どうしても思《おも》い出《だ》せない。

ぼくが、右手《みぎて》で漢字《かんじ》のかたちをなぞっていると、ピカッと外《そと》が光《ひか》った。

ゴロゴロ……。ゴロゴロ……。ドーン　バキッ！

雷《かみなり》の音《おと》が、きょうれつにひびいた。

外《そと》はまっ暗《くら》になって、雨《あめ》がふりだした。

ザザザッー。ザザザッー。

先生《せんせい》がいそいで閉《し》めた窓《まど》ガラスに、たたくように雨《あめ》がふった。

……クスン、クスン……。

なんの音《おと》だろうと思《おも》ってとなりを見《み》ると、かな子《こ》ちゃんが、うつむいたまま、黄色《きいろ》いハンカチで鼻《はな》をおさえている。

ピカッ……ゴロゴロ……ゴロゴロ

ドーン！

こんどは、もっと大《おお》きい雷《かみなり》の音《おと》が、教室《きょうしつ》をゆらした。

「きゃあー」

とうとうかな子《こ》ちゃんは、両耳《りょうみみ》をふさいで、ほんとうに泣《な》きだしてしまった。

ぼくは、かな子《こ》ちゃんが泣《な》くところなんか、いちども見《み》たことがなかった。ぼくは、びっくりした。

「雷《かみなり》なんて、すぐにやむから……。こわくなんてないよ……。大《だい》じょうぶだよ」

ほんとうは、ぼくもこわかったけど、耳《みみ》のそばで、せいいっぱい声《こえ》をかけた。

でも、かな子《こ》ちゃんは、泣《な》きやまなかった。


「ただいまぁ」

学校《がっこう》から帰《かえ》ると、けんじがテレビを見《み》ていた。

「おじいちゃん、畑《はたけ》？」

「ぼく……しらないよ」

けんじは、テレビを見《み》ながら答《こた》えた。

ぼくは、かばんをおろすと、畑《はたけ》をのぞいた。けれど、おじいちゃんのすがたは、見《み》あたらなかった。

——近所《きんじょ》に野菜《やさい》でももっていったのかな……。

ぼくは、冷蔵庫《れいぞうこ》をあけると、牛乳《ぎゅうにゅう》をいっきにのみほした。


時計《とけい》を見《み》ると、もう五時《ごじ》をすぎていた。

ぼくは、けんじとテレビのアニメを見《み》ながら、ちょっぴりしんぱいになった。お母《かあ》さんなら、しごとでおそくなるときは、電話《でんわ》があるはずだし、おじいちゃんだって、こんな時間《じかん》まで帰《かえ》ってこないなんてことはない。

その時《とき》、電話《でんわ》がなった。お母《かあ》さんからだった。

「もしもし、あきら、お昼《ひる》におじいちゃんが倒《たお》れて、救急車《きゅうきゅうしゃ》で病院《びょういん》にきてるの。るす番《ばん》お願《ねが》いするね」

いつもより早口《はやくち》で、急《いそ》いでいる感《かん》じだった。

「えっ、おじいちゃんが……」

そこまで言《い》いかけて、ぼくは、とても不安《ふあん》になった。

おばあちゃんが死《し》んだとき、おばあちゃんのベッドのまわりには、機械《きかい》があって、おじいちゃんも、お父《とう》さんも、お母《かあ》さんも泣《な》いていた。

ぼくもかなしかった。

おじいちゃん、大《だい》じょうぶかな……。

「また電話《でんわ》するから」

そう言《い》って、お母《かあ》さんの電話《でんわ》がきれた。

「おじいちゃん、どうかしたの？」

けんじが、横《よこ》からしんぱいそうに聞《き》いた。

「病院《びょういん》にはこばれたって……」

「大《だい》じょうぶかな……」

「すぐ帰《かえ》ってくるさ……」

ぼくは、力《ちから》のない声《こえ》で答《こた》えた。

その後《あと》、テレビを見《み》ていても、おじいちゃんのことが気《き》になって、おもしろくなかった。

「お兄《にい》ちゃん、おなかすいたぁ」

アニメも終《お》わるころ、けんじが言《い》った。

「あぁ……」

いつもなら、お母《かあ》さんが作《つく》った夕《ゆう》ごはんを、食《た》べているころだ。お母《かあ》さんがしごとでおそくなるときは、おじいちゃんが、おにぎりやみそ汁《しる》をつくってくれることもあった。

ぼくが、しっかりしなければ。ぼくは、お兄《にい》ちゃんなんだから……。

「つくるから、まってろ」

さっそくぼくは、台所《だいどころ》に立《た》ち、お母《かあ》さんが料理《りょうり》するようすを、思《おも》いうかべた。

——卵焼《たまごや》きにしようかな……。

ぼくは、冷蔵庫《れいぞうこ》から二個《にこ》、卵《たまご》をとりだすと、ボウルにわってみた。

「うわぁー」

最初《さいしょ》わった卵《たまご》は、うまくボウルに入《はい》らなくて、半《はん》ぶん、床《ゆか》に落《お》としてしまった。二《に》個目《こめ》は、うまくわれた。塩《しお》、こしょうを入《い》れて、おはしでかきまぜると、コンロにかけたフライパンに、流《なが》しこんだ。卵焼《たまごや》きの形《かたち》をつくろうとしたけど、お母《かあ》さんみたいに、くるくるっとうまくまけなかった。ぐちゃぐちゃにこげた、スクランブルエッグみたいな卵焼《たまごや》きができた。

「けんじ、ごはん食《た》べるぞ」

ぼくは、テーブルの上《うえ》に、きのうののこりの、冷《ひ》えたごはんと、卵焼《たまごや》きをのせた皿《さら》をおいた。

「なに、これ？」

「卵焼《たまごや》きだって。はやく食《た》べろ」

「うーん、ぐちゃぐちゃで、つかみにくい」

最初《さいしょ》、けんじは、ぐちゃぐちゃの卵焼《たまごや》きが、おはしでつかめなかったけど、ようやくつかんだ卵焼《たまごや》きを口《くち》にすると、

「おいしい！」

と、うれしそうに言《い》った。

「よく、かんで食《た》べろよ」

「それっておじいちゃんが、よく言《い》うよね」

「そうだったかな……」

「おじいちゃん、大《だい》じょうぶだよね」

けんじが聞《き》いた。

ぼくは、ごはんと卵焼《たまごや》きを口《くち》にかきこんだ。ちょっとこげた味《あじ》がしたけど、はじめてにしては、なかなかの味《あじ》だと思《おも》った。

「ぜったい、大《だい》じょうぶさ」

ぼくは、おじいちゃんの顔《かお》を思《おも》い出《だ》しながら、言《い》った。

そのとき、また電話《でんわ》がなった。

——お母《かあ》さんかな……。

ぼくは、いそいで受話器《じゅわき》をとった。

「あきらくん、大《だい》じょうぶ?」

となりのおばさんからだった。

「おじいちゃんが、畑《はたけ》で気《き》ぶんがわるくなってねえ。おばちゃんが見《み》つけて、すぐお母《かあ》さんに電話《でんわ》して、しごとから帰《かえ》ってきてもらったの。もう、ごはん食《た》べたの?」

「はい」

ぼくは、小《ちい》さな声《こえ》で答《こた》えた。

「さびしいでしょ?」

「い、いえ……」

「今《いま》から、おばさんの家《うち》においでよ。お母《かあ》さんも、そのほうが安心《あんしん》するだろうから……」

「い、いえ」

「えんりょなんか、しないでいいのよ」

「いえ……大《だい》じょうぶです」

ほんとうは、だんだん心《こころ》ぼそくなって、けんじをつれて、おばさんの家《うち》に行《い》きたいと思《おも》ったけれど、お母《かあ》さんから、電話《でんわ》があることになっている。

ぼくが、となりの家《うち》に行《い》ってしまったら、こんどは、お母《かあ》さんが、ぼくたちのことをしんぱいしなくちゃいけないし、そしたら、おじいちゃんのことだって、安心《あんしん》して見《み》てあげられなくなる。

ぼくは、ぐっとがまんして、電話《でんわ》をきった。

「あっ」

ぼくはそのとき、学校《がっこう》にかたつむりを忘《わす》れてしまったことを、思《おも》い出《だ》した。

——どうしよう……。

よりによって、今日《きょう》は新《あたら》しいエサも入《い》れていなかったし、きりふきもしていない。かたつむりは、かんそうに一番弱《いちばんよわ》い。

ぼくは、からからになって、死《し》にそうになっているかたつむりを想像《そうぞう》した。今《いま》すぐにでも、学校《がっこう》にとんで行《い》きたい気《き》もちだった。

お母《かあ》さんが帰《かえ》ってきたのは、それからすぐだった。

「おじいちゃん、なんとか大《だい》じょうぶだったよ。おじいちゃんね、心臓《しんぞう》にわるいところがあって、血《ち》が流《なが》れにくくなってたの。もうちょっとであぶないところだったけど、少《すこ》しの間《あいだ》、入院《にゅういん》すればいいみたい。あきらが、家《いえ》でるす番《ばん》してくれたから、お母《かあ》さん、安心《あんしん》して、おじいちゃんのこと見《み》ていられたわ。ほんとうに、たすかったよ」

お母《かあ》さんは、笑顔《えがお》で言《い》った。

ぼくは、安心《あんしん》して、そのまましゃがんでしまいそうだった。

ぼくが寝《ね》るころになって、お父《とう》さんが帰《かえ》ってきた。お父《とう》さんは、ぼくの頭《あたま》をなでながら、

「あきら、お父《とう》さん、毎日《まいにち》おそくなってごめんな。けんじに、ごはんつくってやった

んだってな……。えらかったぞ」

と、ほめてくれた。

ぼくは、うれしくなって、いっきに身長《しんちょう》が五《ご》センチぐらいのびた気《き》がした。

明日《あした》の朝《あさ》は、一番《いちばん》に学校《がっこう》に行《い》かないと。

――かたつむり、大《だい》じょうぶかな……。


「行《い》ってきまーす！」

ぼくは、いつもより三十分《さんじゅっぷん》も早《はや》く、家《いえ》をとびだした。

今日《きょう》も、朝《あさ》から、むし暑《あつ》かった。

学校《がっこう》までの道《みち》のりを、全力《ぜんりょく》で走《はし》った。学校《がっこう》につくと、顔《かお》から、汗《あせ》がぼとぼと流《なが》れた。

職員室《しょくいんしつ》からとってきたかぎで、教室《きょうしつ》の入口《いりぐち》をあけると、かばんをほうりなげ、いそいで、後《うし》ろのたなに忘《わす》れていた、虫《むし》かごのケースをのぞいてみた。

――いない！

ケースの中《なか》に、かたつむりはいなかった。

――どこに行《い》ったんだろう……。

だれもいない教室《きょうしつ》で、ぼくは、机《つくえ》の中《なか》や、窓《まど》ぎわや、教《きょう》だんのまわりを、むちゅうでさがした。

――教室《きょうしつ》の外《そと》には、出《で》られないはずなんだけど……。

「あれ⁉」

ぼくは、教室《きょうしつ》の後《うし》ろのかべにはってある、あじさいの絵《え》に、すいよせられるようにかけよった。

ぼくが一所《いっしょ》けんめい描《えが》いた、公園《こうえん》のあじさいの絵《え》。なにかへんだ。

色紙《いろがみ》でつくった、葉《は》っぱのかたちが、ちがうみたい。

「いた！」

ぼくは、たなの上《うえ》に、よじのぼった。

かたつむりは、ちょっと小《ちい》さめのかたつむりと二匹《にひき》で、あじさいの絵《え》に、なかよくはりついていた。

しかもその絵《え》は、葉《は》っぱのところだけ半分《はんぶん》たべられて、穴《あな》があいていた。

かたつむりは、おたがい、短《みじか》いつのを出《だ》しあって、楽《たの》しくおしゃべりしているみたい。

ぼくの胸《むね》の中《なか》で、風船《ふうせん》がほわっとふくらんだみたいになった。

「あきらくん、おはよう」

そのとき、教室《きょうしつ》の入口《いりぐち》から声《こえ》がした。かな子《こ》ちゃんだった。

「かな子《こ》ちゃん、ねぇ、見《み》て！　見《み》て！」

「なに？　なに？」

かな子《こ》ちゃんは、ぼくの指《ゆび》さす先《さき》を見《み》た。

「かたつむり！」

「きのう、忘《わす》れて帰《かえ》ってしまったんだ」

かな子《こ》ちゃんは、おどろいたように、ゆっくりと、あじさいの絵《え》にちかづいた。

そして、一段《いちだん》だけ、たなの上《うえ》にのぼった。ちかくで見《み》るとよけいに、葉《は》っぱの絵《え》をおいしそうに食《た》べているように思《おも》えた。

ぼくが、絵《え》にはりついたかたつむりを、一匹《いっぴき》ずつはがそうとしていると、

「あきらくん！」

かな子《こ》ちゃんがさけんだ。

「なに？」

「たまごよ！」

「たまご？」

「虫《むし》かごのなか！」

「えっ」

ぼくは、両手《りょうて》にかたつむりをにぎると、いそいでとびおりた。

ぼくとかな子《こ》ちゃんは、おでこをよせあって、虫《むし》かごのケースをのぞいた。

ちっちゃな白《しろ》いたまごが、キャベツにかくれるようにして、かたまっていた。

「いち、に、さん……」

かな子《こ》ちゃんが、ゆっくり数《かぞ》えた。ぼくもいっしょに、心《こころ》の中《なか》で数《かぞ》えた。

「三十個《さんじゅっこ》ぐらいはあるね」

ぼくは、かたつむりを、そっと、白《しろ》いたまごのそばにもどした。

白《しろ》いたまごからは、今《いま》にも、かたつむりの赤《あか》ちゃんが、うまれてきそうだった。

「みーんな、かたつむりになるんだね」

ぼくが言《い》うと、

「たまご、このケースで大《だい》じょうぶかなあ」

かな子《こ》ちゃんが、しんぱいそうに聞《き》いた。

「そうだなぁ……」

ぼくは、虫《むし》かごのケースから顔《かお》を上《あ》げると、かたつむりが食《た》べてしまった、あじさいの絵《え》を見《み》た。

——かたつむり……公園《こうえん》にもどりたいのかもしれないなぁ。

ぼくは、決心《けっしん》した。

「かたつむりは、たまごといっしょに公園《こうえん》にかえしてくるよ。せまいケースの中《なか》じゃ、かわいそうだもん」

「私《わたし》も行《い》きたい」

「じゃあ、今日《きょう》の帰《かえ》り、いっしょに、もどしにいこうよ。あじさいの、葉《は》っぱと葉《は》っぱのあいだのところにかくせば、見《み》つからないと思《おも》うんだ」

「うん。みんな元気《げんき》に育《そだ》つといいね」

かな子《こ》ちゃんは、にっこり笑《わら》った。

教室《きょうしつ》の外《そと》から、登校《とうこう》してきた友《とも》だちの声《こえ》がしてきた。

「二人《ふたり》だけのひみつにしようね」

かな子《こ》ちゃんが、ささやくように言《い》った。

「うんっ」

ぼくとかな子《こ》ちゃんは、顔《かお》を見《み》あわせて笑《わら》った。

かな子《こ》ちゃんは、二人《ふたり》だけのひみつにしようねって言《い》ったけど、おじいちゃんが元《げん》気《き》になったら、かたつむりの赤《あか》ちゃんを見《み》せてあげたいと思《おも》った。

ふるさとの公園《こうえん》で、あじさいの花《はな》にかこまれて遊《あそ》ぶかたつむりの親子《おやこ》が、ぼくの頭《あたま》いっぱいに広《ひろ》がった。

文・はやしさちよ（林幸代）
1962年、福岡県生まれ。
日本児童文学者協会北九州支部「小さい旗の会」同人。現在、小学校養護教諭
〈連絡先〉福岡県宮若市福丸146

絵・なかむたけんじ（中牟田健児）
1975年、福岡県生まれ。
幼い頃から絵に親しむ。今津養護学校高等部卒業後、10年ほど授産施設に在籍、絵画の創作から離れていたが、創作活動を再開するため2007年より「工房まる」に所属。
〈連絡先〉福岡市南区野間3-19-26　工房まる内
ホームページ　http://www.maru-web.jp/

かたつむりのおくりもの

二〇〇九年七月七日初版第一刷発行
二〇〇九年十月十日初版第二刷発行
著　者　はやしさちよ
発行者　福元満治
発行所　石風社
福岡市中央区渡辺通二―三―二四
電　話　〇九二（七一四）四八三八
ＦＡＸ　〇九二（七二五）三四四〇
印刷　大同印刷株式会社
製本　日宝綜合製本株式会社